KEY·可以文化

张静作品

一举风荷正未央

张静 著

浙江文艺出版社
Zhejiang Literature & Art Publishing House

图书在版编目（CIP）数据

一举风荷正未央 / 张静著 . —杭州：浙江文艺出版社，2025.1(2025.6 重印). — ISBN 978-7-5339-7728-3
Ⅰ. I227.7
中国国家版本馆 CIP 数据核字第 2024CA7470 号

策划统筹　曹元勇
责任编辑　苏牧晴
营销编辑　耿德加　胡凤凡
责任印制　吴春娟
装帧设计　胡　斌　刘健敏

一举风荷正未央
张静 著

出版发行　浙江文艺出版社
地　　址　杭州市环城北路 177 号
邮　　编　310003
电　　话　0571-85176953（总编办）
　　　　　0571-85152727（市场部）
印　　刷　上海盛通时代印刷有限公司
开　　本　787 毫米 × 1092 毫米　1/32
字　　数　25 千字
印　　张　9.75
版　　次　2025 年 1 月第 1 版
印　　次　2025 年 6 月第 2 次印刷
书　　号　ISBN 978-7-5339-7728-3
定　　价　88.00 元

目录

第二篇章 我为青山碧水痴

第三篇章　且把岁时添作趣

第四篇章　人生无帖怎临之

序

在这春意盎然、春雨时而飘洒的北京，为张静女士的这本诗词集作序，自然十分惬意。诗词在当下的兴盛，要靠创作、评论和传播三驾马车同时发力。在绚丽多姿的诗词百花园中，今天又增添一枝芳香袭人之花，依我目前担负的职责而言，心境之好是不言而喻的。

张静结集在本书中的作品，我们称之为中华诗词。中华诗词是一个专有名词，特指中国古典诗歌。一百多年前，人们另辟蹊径，引进了另一种诗体，从此就有了“旧诗”和

“新诗”，或“旧体诗”和“新体诗”的区分。这种区分在“破旧立新”的语境下，产生了别样的效果，一直影响着后来对中国古典诗歌的正确评价。有鉴于此，这两年，我提出用“格律诗”和“自由诗”，或“格律体诗”和“自由体诗”来替换，正得到越来越多的同仁们的赞成。当然，任何一个类概念都是有例外的，古风就有点“另类”，但它也是有字数和押韵之限制的，故把它归入格律诗也说得过去。张静这本集子就是格律诗词专集。

格律诗词在句数、字数、平仄、押韵、对仗等方面有严格的要求，用它来叙事、咏物、抒情、言志，而且还要优美，真的“不自由”，实属不易，因此被戏称为“带着镣铐跳舞”。然而，当下，就有那么数百万人，独爱“带着镣铐跳舞”，而且越跳越“自由”，越跳越优美。张静就是其中一位女性诗人。

张静善于从生活的点滴中发现诗，把捕捉到的诗的意象，用诗的语言表达出来，所以她的诗清新晓畅，鲜活可爱。写诗之外，听说张静还擅长导演、表演、朗诵，我倒是感觉她更像是一个水彩画家，诗里的色彩感十分亮眼。比如《花港观鱼》：“清溪过处现红鳞，万木扶疏一枕春。碧水摇波翻五色，桥头尽是赏鱼人。”清溪、红鳞、万木、碧水，五颜六色的鱼，五颜六色的赏鱼人，流光溢彩。通过“一枕春”，交代了镜头的切换，避免了平铺直叙。而《早春二月》则用了单色调：“冰雨咬春融百川，飞霜渐老草芊芊。青青柳色才匀注，催我驱车入翠烟。”草也青青，柳也青青，一个“入”字，画面便活了。

有色彩，当然也要有声音。《惊蛰》：“春泥酌雨逗眠虫，一盏香茶浇冷风。荷下鸣蛙声渐起，只因深径小桃红。”春雨、香茶，小径、庭院，荷叶、桃花，动中有静，静中有动，弥漫着春的气息，蛙声把这些气息点亮了。《春色逐人来》：“百草茸茸柳眼斜，黄鹂枝上语参差。春梅一剪随风去，飞入程途第几车？”草初萌，柳初醒，梅将谢，鸟正鸣，轻车经过，全是动感，而色彩、声音应和着心情。

当然，诗毕竟是需要技巧的。诗的技巧，一言以蔽之，就是“炼”。炼句、炼字、炼意、炼格。张静有些诗，看似一样清新晓畅，实际上蕴涵着锤炼功夫。如《灵隐禅踪》：“两涧春淙掩翠丛，云林禅寺隐仙风。何时岑岭飞灵鹫，耳入天音循净空。”由眼前景，放开思绪，诗的内涵就多了，更耐品读。其中，“掩、隐、飞、循”四个动词，都非常恰切。《三潭印月》：“初辉渐染小瀛洲，宝鉴波心几度秋。向晚齐蝉聊幻境，催人采月种平畴。”也让人感觉蕴藉，而且“聊、催、采、种”等字，都用得很好。

由此，我认为张静的诗词，大概有这三个特点：一是色彩明丽清新；二是有声有色，动静相生；三是富于巧思，意象清幽。

当然，这本集子里，也有一些诗词经反复推敲还有进一步提升的空间，我想，每一位诗词作者都是在路上的状态，一方面享受着创作收获的喜悦，一方面也享受着学习进步的快乐。

前天，即 4 月 26 日，中华诗词学会五届二次理事会做出把今明两年确立为“中华诗词精品年”的决定，我做了题为《把诗词精品的创作筛选推介作为诗词工作重点》的讲话，提醒诗人“与其随意写作百首，不如精心推敲一首”；最终衡量诗人水平的，不是诗词数量，而是诗词质量。相信张静会把本集的出版作为起点，为时代、为社会、为大众创作越来越精美的诗篇。

是为序。

周文彰

中共中央党校（国家行政学院）教授、中华诗词学会会长

2024 年 4 月 28 日

卷首语

七绝·诗家感怀

百花着意入新诗，
我为青山碧水痴。
且把岁时添作趣，
人生无帖怎临之？

第一篇章

百花着意入新诗

七绝·风荷举

晓雾初开半亩塘，
清波潋滟映天光。
谁言世事皆尘俗，
一举风荷正未央。

七绝·出水莲三首

其一

翠盖娉婷薄雾中，
无端摇碎一池风。
回眸隐约莲蓬笑，
半亩方塘称意红。

其二

明月窥荷影倒悬。
玉盘承露涤尘阡。
风摇碧盖香来处，
独立瑶池向九天。

其三

绿盖摇风向碧霄，
琼珠四溅自逍遥。
玉茗虽把淤泥陷，
一叶新荷清且娇。

七绝·为荷而来

绿柳如烟菡萏红，
微澜乍起满塘风。
青荷曳曳筛尘露，
碧水惊春不忍东。

七绝 · 诗雨清风

淤泥深处藕如椽。
晨照摇情诗若泉。
剪剪荷风吹影去，
陶然不问岁时迁。

七绝·题画南张北溥[1]合绘《荷花双鹭》图

雨打荷钱筛跳珠，
风摇水动坠塘无。
天宫仙子翩翩舞，
白鹭飞来入画图。

1 南张北溥，近代画坛上的两位著名画家，南张是指张大千，北溥是指溥心畬。

七绝·绝尘

亭亭静植立轻鸥，
翠影红香一苇舟。
欲扫天穹承碧色，
满塘绿盖避嚣湫[1]。

1　嚣湫，指尘嚣湫隘。

七绝·夕阳中的夏荷

蝉歌初起月匆匆，
出水芙蓉映碧穹。
风动香飘花弄影，
满塘齐向夕阳红。

七绝·蛙饮荷风

浓荫深处夏初凉，
几点蛙声入苇塘。
碧盖才掀云雾散，
红衣出水立斜阳。

七绝 · 残荷如诗

瘦水落花东逝去，
一池风骨对秋霜。
芙蓉盛日虽犹记，
独爱枯荷站满塘。

七绝·花信无声

谁将花信撒天穹？
春在梅尖一点红。
满目琼芳迷望眼，
枝头小蕊笑暄风。

七绝 · 花为邻

浅草茸茸万物新，
柳梢摇皱几池春。
谁人花下夸颜色？
换尽佳衣好作邻。

七绝 · 暗香

独立苍茫笑雪狂，
寒梅枝上傲风霜。
百花争艳何须羡？
只待幽兰续暗香。

七绝·小寒吟梅

清音三弄赋梅花，
曲落无痕玉蝶斜。
晓日迎长春已到，
疏枝摇雪记霜华。

七绝·寒梅

不因花小惧霜天，
瘦影窗前伴雪眠。
谁递北枝芳信里？
红梅一剪乱春烟。

七绝·茶梅三首

其一

万木消沉吾不慵，
北风摧煞更从容。
何须与尔争颜色，
一袖冰花立晚冬。

其二

海红浮翠百花残，
万朵琼英枝上欢。
恰与梅浑清绝似，
众芳齐发斗凌寒。

其三

谁寄笺书北陆[1]中，
寒英似与蝶相逢。
春风拂处颜如玉，
还借茶梅一点红。

1 北陆，本指太阳冬季所在的方位，后来被人们用来代称冬天。

七绝 · 黄梅时节

昏云密布掩高穹，
碧水摇池淡淡风。
荷下谁人邀伏雨，
蛙声一片语相同。

七绝 · 题画《松鹤双梅图》

松杪扶云白鹤旋，
千弦成乐水涟涟。
山风翻滚平沟壑，
一剪红梅破晓烟。

七绝·早樱

满目绯樱枝上挥，
春光欲尽瘦芳菲。
蹉跎未识花飞去，
空惹闲云看落晖。

七绝·向春风

燕子纷飞云脚低，
南风沾雨唱桃蹊。
流光暗转惊时序，
春在来途踏雪泥。

七绝 · 春上柳梢头

柳饮春天醉自然，
草尖飞露翠缠烟。
丝绦万缕随风舞，
惹得诗情赋笔笺。

七绝·栀子花开

如云似雪半临池，
飞燕琼枝舞玉姿。
香蕊喷花蝴蝶醉，
倚风吹梦到新诗。

七绝·咏兰二首

其一

九畹移来一室香，
素心高洁远群芳。
幽贞独抱清风韵，
明月相邀照影长。

其二

翠叶青青含玉露，
琼葩馥郁吐芬芳。
不争春色与时艳，
自在深崖岁月长。

七绝·白玉兰二首

其一

冰肌素影舞从容，
疑是真仙落九重。
玉瓣轻扬香满径，
临风独立笑春浓。

其二

绝尘清影舞春霖，
云树倾浆花自斟。
曳曳生姿何所似？
丛丛玉蝶醉芳林。

七绝 · 水仙花

清香又醉案头人，
独倚兰舟绰约身。
聊问书田耕作苦，
凌波微步奉先春。

七绝·迎春花

鹅毛错蘸催花雨，
翠萼金英几度开。
小径无人寻脚步，
送春邹律暖苍苔[1]。

1 相传战国齐人邹衍精于音律，吹律能使地暖而禾黍滋生。

七绝·玫瑰飘香

春笺半启了无痕，
红粉飞枝占小园。
风送芳菲香更远，
倚云追梦破篱藩。

七绝·海棠依旧四首

其一

蜀彩披风摇曳生，
乱枝缭绕惹花惊。
春光怎忍匆匆去？
雨过轻红又纵横。

其二

海棠依旧映苍穹，
唯恐春来酣睡中。
清露拨弦催我往，
芳华如梦去难逢。

其三

粉蕊轻摇薄雾中，
欲将花事告柔风。
纤纤烟杪祈苍宇，
不遣芳春逝水东。

其四

清风淑气绕窗台，
小蕾轻红次第开。
片片冬云裁雪去，
海棠依旧踏春来。

七绝·凌霄花

红英百尺和风弦，
绿蔓浓荫锁翠烟。
不学他花春意闹，
云天之上媲鲜妍。

七绝·茉莉花

素靥明眸月下羞，
冰姿玉骨立梢头。
薰风吹罢鬟云散，
掬把清香撒九秋。

七绝·紫薇花四首

其一

草尖垂露惹题襟，
一树红霞着绿簪。
长放半年桃李妒，
不将颜色付春深。

其二

独爱枝头一抹红，
蝶摇香蕊满堂风。
十旬长放花虽小，
却胜繁英千万丛。

其三

玉影仙姿不染尘，
深红浅紫绘芳茵。
秋澜暮雨萧萧去，
日照高花处处新。

其四

流霞飞瀑坠无声，
茜露轻含似碎琼。
花序如锥穿岁月，
饮秋吟夏一窗横。

七绝·石榴红了

红巾半蹙别春程，
欲借枝头绘晚晴。
一树火云追逝水，
独留丹实问秋声。

七绝·朝颜

牵牛摇碎一窗风，
着笠凭栏目欲穷。
莫怨百花颜色故，
彩虹桥上夕阳红。

七绝·月下桂花香

人间天上两相望，
金粟凝枝缕缕香。
不逊梅花三弄韵，
秋来独占十旬芳。

七绝·粉黛乱子草

似雾如霞肆意妍，
丹丝冉冉举高天。
飘然若羽随风舞，
一轴诗情没紫烟。

七绝·葡萄树

蔓络追风紫玉芳，
星编珠聚染轻霜。
云棚高处浓荫下，
光影婆娑日月长。

七绝·银杏

飞蛾叶[1]上撒秋烟，
黄蝶翻飞落锦笺。
扇叶轻摇寻故事，
桑田一梦到千年。

1 飞蛾叶，银杏叶的别称。

七绝·苹果树

飞红扫尽藉秋风，
一树青苹小院东。
只待参差花蒂落，
香枝匝地戏儿童。

七绝·香山红叶飘

枝柯弄影惹尘寰，
日照霜林石径弯。
莫怨九秋颜色故，
雨添红叶染香山。

七绝·残红

霜打荷莲秋水凉，
谁怜花影减春芳。
西风啸月林梢冷，
万点飞红染夕阳。

七绝·落花逝水

西风初把暮春收，
欲整行囊赴老秋。
逝水不知人有意，
却携花事付东流。

七绝·黄瓜满篱

夕风朝露育新芽，
满架柔藤点碧花。
绿影婆娑相托藉，
谁人篱下摘青瓜？

七绝 · 韭花香

韭花如雪满畦芳，
且待银镰收割忙。
星汉半筐吹灶火，
又将春雨入杯觞。

七绝·水墨牡丹图

松烟拂面绕中堂，
魏紫姚黄懒着妆。
疑似洛神衣袂舞，
仙姿玉影映湖光。

七绝 · 飞花凝香

北风凉月雪参差，
冻影凝香人不知。
剪剪飞花轻似梦，
寒梅一夜点琼枝。

七绝·化作春泥更护花

虹霓飞架似天弓，
欲射尘嚣万物融。
试问乱红何处去？
春泥酿罢卧西风。

七绝·花事絮语

春风着意为花忙，
花却嫣然独自芳。
锦绣妆成飞燕到，
劝伊雨后谢青阳。

七绝·松之春

绿逐清波春意浓，
扶摇百尺染云松。
千年修得凌云木，
笑看沧桑傲碧空。

七绝·松之夏

高柳蝉鸣今又逢，
千丛小木愈葱茏。
南风无意吹云破，
独坐幽篁十八公[1]。

1 十八公，指松。松字拆开则为十、八、公三字，故称。《艺文类聚》卷八八引晋张勃《吴录》：“丁固梦松树生其腹上。人谓曰：‘松字，十八公也。后十八年，其为公乎！’”宋苏轼《夜烧松明火》：“坐看十八公，俯仰灰烬残。”

七绝·松之秋

翠屏吹露草凝霜，
鹏翼张风九宇翔。
半壁秋光天景好，
云松蘸雨赋辞章。

七绝 · 松之冬

苍枝入户松烟翠，
针叶无眠绣锦篇。
木秀于林风雪敬，
虬根捉地自弥坚。

五绝·瑞雪飞花

风吹银粟斜，
劝我锁凝华。
折竹声声翠，
窗花开万家。

五绝·墙角数枝梅三首

其一

正月梅千点，
幽然凝冻开。
琼枝摇雪落，
敢把北风裁。

其二

二月入轻寒，
梅将芳序观。
璇花枝上笑，
如蝶舞春兰。

其三

三月芳菲醉，
南枝绣萼开。
莺啼堤上柳，
百卉应声来。

五律·凌霄依树红

纤柔敢立腰，
擢秀寄高标。
红艳醉云渡，
浓荫碧玉桥。
千条霆露渐，
百尺荡风摇。
枉有凌霄志，
君家自在娇。

七律·素袜凌波

菡萏亭亭对镜妍，
微风吹过叶田田。
芙蓉跳雨分还聚，
半照埋云缺又圆。
香远益清迎墨客，
淤泥不染醉诗贤。
玉肌冰骨谁能似？
且看凌波水上仙。

七律 · 梅雪并作

笑看冬风万里驰，
回眸北陆有琼枝。
寒英似蝶翩翩至，
疏影如云款款随。
朵朵冰魂歌盛世，
铮铮铁骨赋新词。
参天松柏齐传诵，
梅雪轻清展鹤姿。

鹊踏枝·飞雪迎春到

昨夜北风惊驿鸟。脆语穿空，只道春来了。
千里冰蟾巡树杪，任凭风物循时绕。　玉
蝶翻飞何皎皎，又遇玄英，缱绻催晨晓。
才上枝头鸣瑞兆，又闻一剪梅香悄。

一剪梅·观《万壑松风图》

百丈悬崖万壑山，繁木通天，上挂玄泉。虬根盘地马牙尖，浩浩松风，几缕炊烟。

溪水潺潺伴鸟喧，一座闲桥，荷下幽咽。不知今夕是何年，四顾嗟呼，不似人间。

醉花阴·寄樱花

扑地飞琼惊浅草，万木邀春晓。斜雨洗尘缨，一抹红妆，只剩轻纱了。　　问樱弄雪何时老？遮秀颜轻笑。回首对朝晖，几度红尘，何惧芳华少？

洞仙歌·心中桃径

青荷浮水，含笑摇清晓。锦鲤悠然半塘草。叹纷飞柳絮，又染青丝，抬眼望，天地何能不老？　　雪寒风啸，却道霓裳妙，冷雨穿山几番凿。驭长空、撕羽翼，只记琼瑶，心隐处，桃雨瞬间飘渺。觅岚烟飞处以为庐，任满地杨花，年年不扫。

第二篇章

我为青山碧水痴

七绝·烟雨西湖

回眸双塔卧烟波，
柳雨清风十里歌。
玉带桥头鸥影掠，
绕湖三匝觅东坡。

七绝·西湖老十景

其一　苏堤春晓

六里长堤绿柳抬，
银鸥点水醉林霏。
谁将玉带承西子？
一入桃源客忘归。

其二　曲院风荷

云花入水柳阴直，
绿绮新声[1]意自驰。
肆酒疏狂歌未竟，
红莲碧伞立塘池。

1　绿绮新声，中国古琴谱，明万历二十五年徐时琪著。

其三　平湖秋月

背倚孤山涧水流，
轻桡推雾荷中游。
飞红万点随风去，
满地清辉洒仲秋。

其四　断桥残雪

一轮明月照寒川，
青瓦朱栏玉蝶翩。
梅粉弄枝惊别绪，
断桥依旧没云烟。

其五　花港观鱼

清溪过处现红鳞，
万木扶疏一枕春。
碧水摇波翻五色，
桥头尽是赏鱼人。

其六　柳浪闻莺

春来何处不芳菲，
柳浪堆波鱼正肥。
妙啭声声西子笑，
流泉怎忍向东归？

其七　三潭印月

初辉渐染小瀛洲，
宝鉴波心几度秋。
向晚齐蝉聊幻境，
催人采月种平畴。

其八　双峰插云

晴雨晨昏各不同，
双峰如笔挂云中。
平湖小荷端松墨，
满纸难描西子瞳。

其九　雷峰夕照

烟波十里四时悠，
松韵林泉随乱流。
紫翠凝峰残照里，
栖霞踱塔唱高秋。

其十　南屏晚钟

塔影浮云几度飞，
佛光如幻梵音归。
南屏烟外晚钟起，
绿水蜿蜒入翠微。

七律·西湖新十景

其一　九里云松

一片行云翠霭逢，
清风寻道旧时踪。
浮空苍狗齐翻覆，
争看钱塘九里松。

其二　灵隐禅踪

两涧春淙掩翠丛，
云林禅寺[1]隐仙风。
何时岑岭飞灵鹫，
耳入天音循净空。

其三　六和听涛

欲逐芳尘向晚晴，
月轮峰上挂晶莹。
群山万壑闻涛醉，
禅石无言意自清。

1 云林禅寺，灵隐寺的别称，是杭州的著名佛教寺庙之一。传说中，康熙皇帝曾来此游玩。当年康熙皇帝下江南时，来到了灵隐寺。方丈见此，便请求康熙皇帝为寺庙题字。康熙皇帝欣然答应，挥毫泼墨。然而，在题字的过程中，康熙皇帝因为饮酒过量，手腕有些发颤，落笔过快，导致“雨”字头写得过大。这时，身边的一位大臣高士奇看出了问题，便悄悄地在手心里写了一个“云”字，趁机给康熙皇帝看。康熙皇帝一看，立刻灵感涌现，将原本写歪了的“雨”字头修改成了“云”字。于是，“云林禅寺”四个字便诞生了。

其四　万松书缘

流鸟和鸣涧水奔，
松风尽扫世尘昏。
敷文观海登高岳，
瀚学当敲毓粹门[1]。

其五　岳墓栖霞

丹心碧血染栖霞，
落叶敲窗惊岁华。
唯愿湖山花满地，
伴君忠骨到天涯。

1　毓粹门，万松书院的内门，门额“毓粹”，“毓”是培养，“粹”是精华，喻万松书院是培养有学问、有道德、有修养人才的学府。古代书院承担着讲学、祭祀、藏书等功能。

其六　滨湖晴雨

三面云山锁碧粼，
一湖倒影洗烟尘。
朝昏晴雨无常态，
虽有描功愁煞人。

其七　北街寻梦

孤山揽翠鸟飞还，
宝石流霞金玉缠。
乌瓦青砖藏故事，
长街短巷话桑田。

其八　三台云水

天香法雨驻恩贤，
小筑山间多淡然。
草木自佳人自醉，
舒云亭上饮灵泉。

其九　钱祠表忠

千年香火锁松烟，
柳浪闻莺诵古贤。
霖雨苍生残石叹，
钱王勋绩憾山川。

其十　梅坞春早

绿袖翻飞纤指舞，
茶芽雀舌咏花晨。
狮峰山上歌声脆，
唱尽西湖几度春。

七绝·九溪秋声

烟树火红湖水绿，
林泉漱石鸟声啼。
琴风竹韵谁同醉？
雁自成行入九溪。

七绝·宅兹中国[1]

洛水无言自向东，
宅兹中国兆祥笼。
大鹏腾跃高天望，
万里江山锦绣同。

1 宅兹中国，出自国宝级青铜器何尊，上面的铭文记载了周成王继承周武王的遗志，迁都被称为“成周”的洛邑，也就是今河南洛阳这一重要史实，即“宅兹中国”，而铭文中的“宅兹中国”是“中国”一词迄今发现的最早来源。

七绝·踏春风

轻履漫行裙角飞，
牡丹花下散芳菲。
和风着意添颜色，
华服霓裳舞翠微。

七绝·吹雾寻山

晨雾询窗山似何？
长龙驾浪掠清波。
云中奔马长鬃舞，
百里平湖百里歌。

七绝·岚雾问窗

一帘岚雾洗尘颜，
袅袅窗前理翠鬟。
百里群峰相对笑，
芳笺已过万重山。

七绝 · 湖光山色

烟峰围尽一湖春，
翠染青山几绝尘。
宝镜新磨惊白鹭，
水天旷邈跃群鳞。

七绝·高山出平湖

清影飞舟送旭虹，
群峦浮水向天冲。
平湖若盖烟波溢，
漫过山间第几峒？

七绝·太平湖追风

云霞作佩水为弦，
远黛青山一碧天。
初旭邀人齐纵棹，
追风寻影不知年。

七绝·燕栖平湖

余霞散绮射崆峒[1]，
一剪寒梅料峭中。
春信才交梁上燕，
挟风玉蝶[2]舞苍穹。

1 崆峒，形容山高峻貌。
2 玉蝶，指雪花。

七绝·春到太平湖

含烟丝柳戏沧浪，
又著新眉对镜妆。
一棹春风三百里，
婆娑山影动湖光。

七绝·镜湖夕照

春烟夕照一舟还，
竹翠松青白鹭闲。
云静风轻波似练，
群山争睹镜湖颜。

七绝·听蝉有感

天高风送声声远，
只道浮云无定常。
薄翼轻扬林杪动，
蝉鸣七日唱流光。

七绝·南风绕湖山

南风吹皱一湖云，
艇上飞歌意正欣。
梦里不知何处是？
山驮墨色起氤氲。

七绝·秋风推舟

青黄草杪染轻霜，
泛棹推波秋正芳。
百里峰峦藏黛色，
一湖云影惹鱼忙。

七绝·太平湖秋日三首

其一

鳞云彳亍一山横，
落叶敲窗催我行。
遍地金黄铺菊径，
飞红次第赋秋声。

其二

一湖山色朵云行，
逸兴遄飞落叶惊。
天地为琴风奏乐，
齐邀客棹赴秋程。

其三

山影如驹驮客游，
听松问竹兴无休。
霞飞七彩天光灿，
怎负流年怎负秋？

七绝·平湖飞雪

素娥才饮琼花酒，
又驾轻云戏雾松。
雪遣枝针缝絮帽，
山山拱谢静湖冬。

七绝 · 冬风绕岳

截雨暮虹山岳望，
阴云怎敢湿霓裳。
冬阳暖树喧嚣远，
不惧寒风挟雪狂。

七绝·平湖人家

燕子呢喃春又逢，
飞檐翘角掩云松。
马头墙上斜阳照，
一剪窗花送晚冬。

七绝·平湖寻秘境二首

其一

愈饮平湖百里晴，
桃花潭水亦相迎。
回眸远望云归处，
秘境通天又一程。

其二

烟岚漫漫绕群山，
云影天光碧水潺。
黛瓦参差三两处，
一帘新霁正开颜。

七绝·笔歌墨舞太平湖

山如笔架卧烟波，
梦里平湖作砚磨。
舜雨尧风书万遍，
秋岚沾尽雁飞歌。

七绝·雨中太平湖

低云濒水下峰峦，
春燕声声树上欢。
黛瓦闲垂三月雨，
青砖已过万条湍。

七绝·诗入行囊

冰轮清影照方塘，
剪剪凌寒梦未凉。
多谢落英知我意，
诗花一片入行囊。

七绝·雁南飞二首

其一

南风带雨洗秋霜，
柳线松针缝绿装。
谁在云笺书两字？
飞霞一展是回乡。

其二

寒风吹雁一行斜，
烟树不栖飞六葩。
为饮柳尖二月雨，
追云逐梦向天涯。

七绝·春日掠影

魚跃朝云扯暖绒，
鸟鸣花树唱春风。
寒晶今又向东去，
晨旭初开射碧穹。

七绝·春游二首

其一

轻车浅辙复西东，
总付多情料峭中。
心远了知城自僻，
流光似水映桃红。

其二

溪烟岚雾复徘徊，
翠鸟高歌万卉开。
一抹闲云埋日月，
湖山堆绣惹人来。

七绝·驱车追残阳

寒英着意逐飞轮，
落日如盘远树巡。
忽见小山残照里，
红云一抹拂纤尘。

七绝 · 太平湖巧遇红月东升二首

其一

夕阳无语暮山横，
月掩星辰广宇明。
昨日天风娇耳[1]送，
婵娟今又带妆行。

其二

白云缥缈月娉婷，
一镜红妆映锦屏。
谁举华灯千里照？
晖光到户九州宁。

1 娇耳，指饺子

七绝·舞蹈《只此青绿》

淡墨如烟遮素颜，
竹溪催棹水潺潺。
绎唇高髻屏中舞，
万里江山青绿间。

七绝·上海豫园四景

其一　三穗堂[1]

禾生三穗兆祯祥，
缱绻流云绕画梁。
桧柏堂前撑郁茂，
山林市井两相藏。

1　三穗堂，位于豫园正门处，原为乐寿堂，其意“禾生三穗，乃丰收之朕兆”。

其二　大假山

琼津[1]若注葱茏醉，
染却嵯峨九曲泉。
往日他山多走石，
方留四丈笑苍天。

其三　铁狮子

开埠双雄镇四寰，
醒狮东吼抖三山。
衔峦吞海越藩障，
铁掌推涛踏浪还。

1　琼津，指清澈的泉水。

其四　玉玲珑

千峰俯首玉玲珑，
一石嶙峋向碧穹。
独立凡尘何必问？
英雄出处不相同。

七绝·寿县古城堞寻迹

新柳黄芽撩碧水，
春风着力引城墙。
欲吹楼橹旌旗动，
残壁无言古辙长。

七绝 · 蜀山脚下劝春风

白云飘忽蜀山中，
一树高花探碧空。
足下追风三万里，
春光怎敢去匆匆？

七绝·春至秋浦霞

秋浦飞霞一抹红，
贵池山水映葱茏。
远峰招手春风笑，
染却云溪千万丛。

七绝 · 三月寿春行

庐州何处觅芳珍，
风逐车轮笑客人。
遥指寿春三百里，
八公山下豆花醇。

七绝·龟山[1]朝晖

灵龟长卧碧波前，
欲饮朝阳霞满天。
百里轻云追细浪，
一湖帆影没春烟。

1 龟山，巢湖市历史上著名的“五牛三龟”八大景致之一。山如龟，龟如山，奋首巢湖，跃戏碧波，形神毕肖。

七绝·观滇池飞鸥

云影波光照自然，
滇池浩渺水连天。
游人不记来时路，
逸羽翻飞引顶巅。

七绝·南昌一瞥

车窗掠翠豫章行，
几点桃花鸣早莺。
赣水不言何处去，
只留清碧向丰城。

七绝 · 香江行有感

山影依稀浪里藏，
白云飘处紫荆香。
与君同向春风笑，
美景盈杯共举觞。

七绝·滴水入海

紫荆风里有余香，
滴水微澜入海洋。
欲挂云帆追日月，
百年修得共天长。

七绝·蝴蝶泉

流泉幽咽为谁哀?
翠影红霞映日开。
蝶舞瑶池风满径,
金花十里掩苍苔。

七绝·天游峰大红袍

天游峰上翠云飞，
山色如娥披彩衣。
岩韵满坡翻碧浪，
茶歌十里唱春晖。

七绝·包河随想

包河澮澮掠云鸿，
雪藕无丝荷下风。
心有清莲开不败，
廉泉让水[1]映天穹。

1 廉泉让水，指廉洁和谦让的品质。

七绝·缆车掠影

轻风弄野醉花溪，
翠岭妆成百鸟啼。
惊瞰峰峦云雾动，
天光乍破现虹霓。

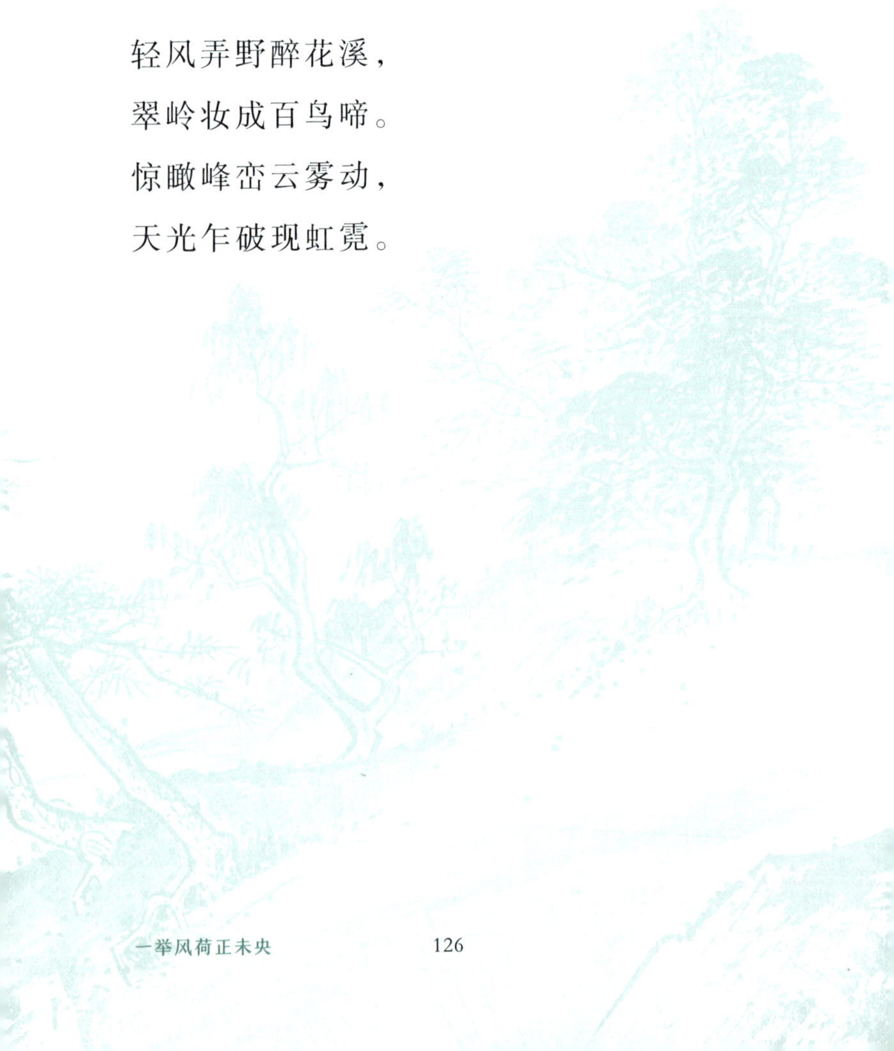

七绝 · 冬日赏梅清山水

玄英匝地唤梅清。
尘世喧嚣人不惊。
笔墨横姿蹚老砚，
松烟尽处一飞莺。

七绝 · 观马踏飞燕

天马凌空踏燕行，
风神高迈启征程。
泥沙抬舸潼关道，
独向苍穹肆意鸣。

七绝·游唐模古村小西湖

石板桥头逐碧泉，
伐檀坎坎话桑田。
萱堂终见西湖景，
短削苏堤好敏弦[1]。

1 敏弦，古代曲名，采菱之歌。

七绝 · 寻迹马家窑二首

其一

续渊寻梦大荒邀，
朵朵流云古道飘。
初起人寰千载去，
化泥成器马家窑。

其二

黄泥巧塑现青韶，
浴火成虹纹样描。
古拙神形书万象，
千年器韵撼今朝。

五律·题画《千里江山图》

千壑没青绿，
星繁孤月明。
岐峋轻鸟过，
万壑翠烟生。
长棹兰舟远，
连蹄沙渚惊。
水穷云四起，
飞瀑洗尘缨。

五律·观舞蹈《只此青绿》感怀

翠袖娉婷舞，
江山青绿生。
轻云飘古韵，
丝柳映新晴。
千里春如绣，
风姿动客情。
曲终人未散，
心醉已忘行。

七律 · 黄山迎客松

迎客松间翠影笼，
虬枝盘曲煮清风。
凌云冉冉千寻上，
傲骨铮铮万壑中。
鹤唳九霄惊晓月，
泉流石涧洗苍穹。
岚烟入梦诗魂醉，
逸兴飞扬畅碧空。

七律·浦江之春

黄浦悠悠迎客棹，
画舟穿浪碧波分。
千灯为月辉光耀，
广厦如林万户欣。
春色正浇堤上树，
薰风欲拨水中云。
外滩何故人潮涌？
两岸滨江映日曛。

古风·千岛湖

千岛湖上忽迷离，
梅峰观岛东坡遗。
仙履侠踪无觅处，
山色空蒙雨亦奇。
朝云暮雨烟波里，
鱼跃三尺鸬鹚喜。
一叶扁舟穿青莲，
双桨争跃红锦鲤。
疑似西子浣素纱，
双瞳剪水碧玉家。
云撩水墨着山色，
万羽翔集没红霞。
天下西湖布如棋，

有名却被无名欹。
弱水三千一瓢饮，
满壶雀舌聊布衣。

忆江南·浦江春早

春梢动，船笛入林丛，鸟语声声催客醒，千帆齐发白鸥冲，争睹外滩虹。

第三篇章

且把岁时添作趣

七绝·祈春长驻

飞红掠地白驹惊，
草木枯荣月缺盈。
万物歇兴皆为序，
唯祈斗柄[1]向东倾。

---

1 斗柄，星名。古人根据斗柄指向，来定时间和季节。《鹖冠子·环流》：“斗柄东指，天下皆春；斗柄南指，天下皆夏；斗柄西指，天下皆秋；斗柄北指，天下皆冬。”

七绝·枯荷听雪迎新年

捧雪枯荷送旧年，
横斜枝影忆青莲。
藕丝终把寒风系，
为接元春不忍眠。

七绝·腊八节

风卷林梢乱玉飞，
八珍才煮惹人归。
岁时投火围炉暖，
燃尽冰霜吟露晞[1]。

1 露晞，典出《诗·小雅·湛露》“湛湛露斯，匪阳不晞”，后即用“露晞”指《诗·小雅·湛露》篇。

七绝·瑞雪迎春

霜天晓角[1]入云梯，
玉蝶揉风万树低。
莫道琼枝留不住，
凌寒散尽驾横霓。

1 晓角，指报晓的号角声

七绝·雨水

春风梳柳一潭羞，
喜雨跳珠惊凤眸。
才向云边追雪去，
转身桃蕊满枝头。

七绝 · 万物复苏

春枝摇翠逗髼茸[1]，
欲饮香茶好品冬。
月夜蛙声催我醒，
恍然万物已跫跫[2]。

---

1 髼茸，指草木蒙茸貌。
2 跫，指脚踏地的声音。

七绝·二月二龙抬头

角星初露野云红，
绿影轻摇韵自丰。
才立楼头无意望，
龙腾万里啸长空。

七绝 · 早春二月

冰雨咬春[1]融百川，
飞霜渐老草芊芊。
青青柳色才匀注，
催我驱车入翠烟。

1 咬春，指立春时节吃春饼、春盘的习俗。

七绝·惊蛰

春泥酌雨逗眠虫，
一盏香茶浇冷风。
荷下鸣蛙声渐起，
只因深径小桃红。

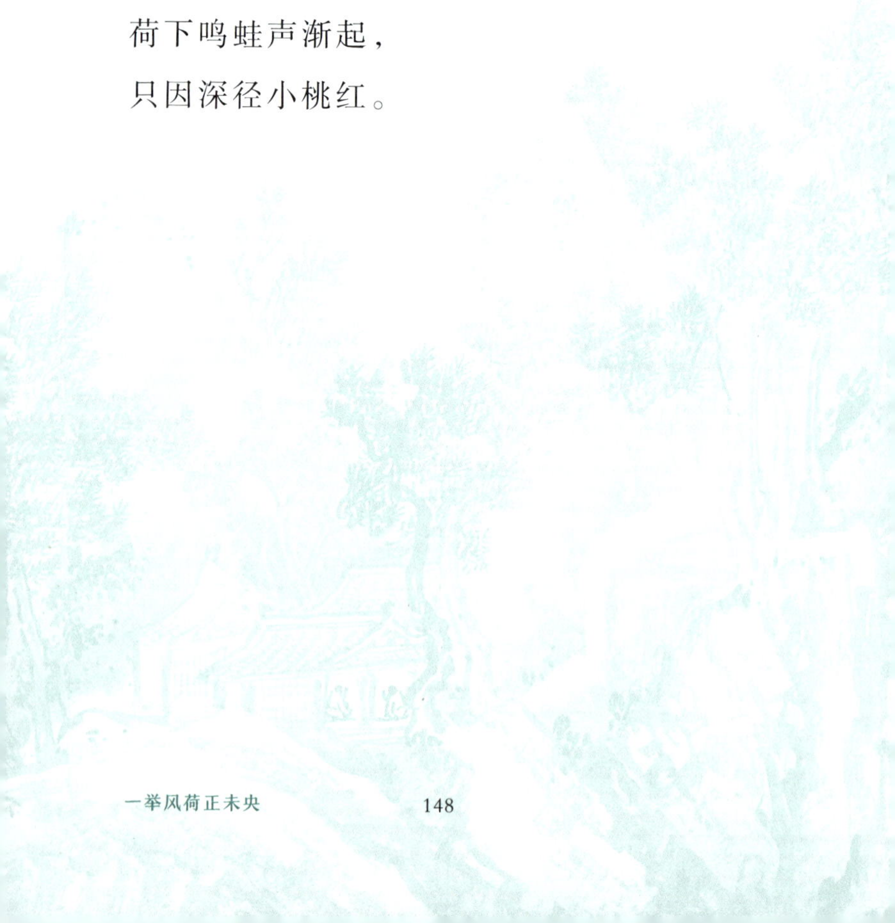

七绝·初春即景

几声布谷醉桃溪，
万户弓耕驾铁犁。
喜雨争先浇柳色，
百虫惊蛰闹新泥。

七绝 · 邀春

晓雾吹塘鱼影惊，
春丝涤荡一池清。
回眸几举风荷笑，
万木撑云向绿行。

七绝·惊春戏百虫

一地惊雷虫穴开，
千瞳懵懂触须抬。
挠腮欲问谁擂鼓，
浅草摇头露满杯。

七绝·春色逐人来

百草茸茸柳眼斜，
黄鹂枝上语参差。
春梅一剪随风去，
飞入程途第几车？

七绝·诗径踏歌

为觅新词问月光，
鱼虫花鸟入篇章。
山川草木皆成韵，
莫道人间诗径长。

七绝·春风里

年年岁岁有东风，
莫叹花无百日红。
只记三春颜色好，
枝头小蕊万千丛。

七绝·故园情

老径苔衣补破门，
斜阳一抹照残垣。
当年稚笔涂鸦在，
昨日飞花无旧痕。

七绝·谷雨吟

春风拂柳共依迟，
莫笑神都花自痴[1]。
今日得赊仓颉[2]字，
雨生百谷有文辞。

---

1 神都，洛阳的古称。谷雨赏牡丹，牡丹花也被称为“谷雨花”。谚云：“谷雨三朝看牡丹。”

2 仓颉，史书记载他是黄帝时期造字的左史官。因见鸟兽的足迹受启发，分类别异，加以搜集、整理和使用，在汉字创造的过程中起了重要作用，被尊为“造字圣人”。从此，清明祭黄帝，谷雨祭仓颉，成为自汉代以来流传千年的民间传统。

七绝·立夏

斗指东南夏日长，
蛙声响彻万家梁。
杨花得解薰风意，
化作轻云飘远方。

七绝·小满初至

清露常飞麦浪青，
惊雷忽至震天庭。
雨敲荷叶珠玑落，
风卷榴花满地星。

七绝·花开半夏

绿影成堆雨乍晴，
风荷临水有蛙鸣。
轻烟作画描长夏，
石火光阴任我行。

七绝·蛙鸣荷塘二首

其一

黄梅时节柳如纱，
剪剪南风映日华。
碧盖摇珠才饮罢，
方塘到处响鸣蛙。

其二

又见鱼摇菡萏花，
走珠划露映云霞。
谁擎碧盖邀荷月？
原是池塘满地蛙。

七绝·蝉鸣高树二首

其一

流响声声告岁深，
星河闪烁照空林。
莫言人间少知已，
且向枝梢抱月吟。

其二

饮露含风高洁生，
不沾禾稷一身清。
金蝉振翅枝头唱，
守节应时为尔鸣。

七绝·雨水

蛙揉睡眼醉桃源，
春到人间乐负暄[1]。
料峭转身寒玉暖，
一汪潭水小荷翻。

1 负暄，指晒太阳。

七绝·流光七月

蝉鸣高树和声远，
菡萏垂荣戏跳蛙。
岁月追云乘夜色，
催人梦里数窗花。

七绝·春事了

荼靡花开夕照凉，
劝君援笔[1]记芬芳。
时光倥偬催人老，
一季蹉跎百径荒。

1 援笔，意为执笔。

七绝·夏日问茶

夏日蝉鸣翠影斜，
茗香冉冉漫窗纱。
闲来无事询茶圣，
几片沉浮悟岁华。

七绝·菊月思亲

南云[1]托雁叙重阳，
菊月寻梢秋意凉。
并茂萱椿[2]檐下悦，
同馨棠棣[3]续情长。

1 南云，指南飞之云，常以寄托思亲、怀乡之情。
2 并茂萱椿，指椿树和萱草都茂盛，比喻父母都健康。
3 同馨棠棣，喻兄弟之间和睦相处、同舟共济的情感。

七绝·秋思八首

其一

桐风吹皱一潭秋，
落尽残红最是愁。
少小不谙南浦絮，
总嫌边柳扯衣绸。

其二

千弦斜落湿帘珑，
梦里谁人弄玉弓？
不待嫦娥偷问月，
相思已在桂风中。

其三

雁字裁云齐奋颈，
满天星斗照来人。
高风过处分还聚，
乡路几时踏玉轮？

其四

秋思点绛架云桥，
旅雁南飞恨路遥。
万卷家书愁敘就，
烟霞一片不禁浇。

其五

冷翠凝香珠露寒，
叶残霜重了清欢。
相思好比池中月，
欲向圆时影更单。

其六

蒹葭零落恨霜高，
锈叶衔丝似纸毫。
雁字一排天际远，
万千乡绪撒云涛。

其七

芦花逐浪弄秋潮，
玉杖长毫对碧霄。
纵有西风铺画卷，
一江思愫不堪描。

其八

斜风揉月枕高楼，
紫燕寻梁语未休。
欲问家乡何所似？
远山如黛水如眸。

七绝·桑榆非晚

闻香倚绿赋诗文，
松骨梅心高不群。
柠月如风难复返，
桑榆树下赛殷勤。

七绝·旅秋

绿尽红消春已休，
西山日迫昼难收。
忽然一叶敲窗问，
何不轻车踏老秋？

七绝·浦江秋色

西风几度扫烟霞，
满树金黄落万家。
欲借斜枝挑桂月，
一江秋色染霜华。

七绝·秋影归雁

金风凉雨洗闲蝉，
月影轻摇水底天。
又是一年秋事到，
几行归雁没云烟。

七绝 · 端午随想

雨打榴花为哪般？
细缠五色泪潸潸。
月中山黛谁能染？
江上流人[1]去不还。

1 江上流人，屈原的称号之一。

七绝·春到黄山西海大峡谷

南风染翠乱峰迎，
山色堆窗众目惊。
谷涧流泉鸣玉佩，
云随西海画中行。

七绝·拾花酿秋

纷飞落叶暮蝉惊，
三鸟[1]登枝望驿程。
但等金英浮玉露，
拾花和雨酿琼羹。

1 三鸟，指古代神话中西王母身边的三只青鸟，亦为使者的泛称。

七绝·冬至

月落风吹花影移，
清光贺岁赋新诗。
松窗高卧听泉涌，
正是毫端蕴秀时。

七绝·立冬记景

风寒山瘦木萧萧，
霜叶残荷向水漂。
独见红枫枝上笑，
凌冬傲雪更添骄。

七绝·冬日寻趣

凝雨弹枝惊鹊起，
风摇竹影韵如诗。
围炉煮雪邀明月，
欲把冬霄作夏时。

七绝·冬韵诗心

六出飞花舞玉枝，
半窗梅影暗香驰。
一轮冷月埋云去，
正是诗心入梦时。

七绝·雪松

苍松挺立入云端，
翠影凌风耐岁寒。
雪压霜欺枝更劲，
虬根原在破岩盘。

七绝·小寒

风卷林梢玉屑飞，
小寒时节岁将归。
冰凝松竹银光溅，
静待东君送日晖。

七绝·上元节

天蕴菁华寒雪融，
柳眉初画倚春风。
繁星浩荡催云散，
兔影依稀跳玉宫。

七绝 · 眉间飞雪

玉絮轻扬眉宇妍，
烟云散尽见天然。
浮生若梦皆虚妄，
唯有真心似雪莲。

七绝·小年

四时更迭岁如烟，
谁驭长风送小年？
玉蝶不知身是客，
寒枝拣尽煮霜天。

七绝·元霄节

晓光敲牖送汤圆，
万里霄灯照碧天。
谁寄乡思池上月？
才沉镜水夜无眠。

七绝·春序

东风送暖喜迎春，
翠影沉鳞戏玉轮。
星雨漫天如梦幻，
翠荫深处卧芳尘。

五绝·燕子衔春

鸟栖寻暖树，
春雨醒新泥。
何事争相看？
花开燕子低。

五绝 · 思归三首

其一

乡思月上钩，
高铁载秋愁。
霜信随风至，
归心似水流。

其二

秋风寄远思，
叶落故园枝。
月下凭栏处，
情丝绕作诗。

其三

西风送晚凉，
枫叶染秋霜。
乡绪凭谁藉，
窗前明月光。

五律·清明

结辙惊晨露，
溪桥断翠烟。
云悲新雨碎，
风戚楮灰湮。
咫尺怜幽草，
枯荣弃陌阡。
谁人横柳笛？
一曲鹧鸪天[1]。

1 鹧鸪天，词牌名，常用来表达一种思念又无能为力的悲伤之情。

五律·秋问

高秋开菊径，
冷雨洗枫红。
叶落人惊岁，
江流鱼恨东。
浮云飘易散，
霁月转难逢。
何不学松桂？
凌霜笑北风。

五律·流光追逝水

又遇虹藏隐，
风寒雁影归。
玉尘驰北陆，
霜叶叩门扉。
世事恍如梦，
奔驹惊似飞。
流光关不住，
何故戏朝晖。

七律·醒春

剪剪轻风柳眼黄，
桃腮对镜试罗裳。
三枝竹影才惊觉，
一壁丁香又越墙。
不负芳华追日月，
怎挥丹墨谱诗章？
人生惯得争春渡，
送罢花朝再饮浆。

七律·叹流年

流光匆促莫蹉跎，
岁月无声坠逝波。
玉杵敲枝窥万象，
清辉照水映千荷。
飞花走雾梅为调，
素影摇风菊作歌。
抱朴归真尘事远，
桃源梦里渡星河。

七律·秋日逸兴

斜阳掠雁不知疲，
雾海高山任意驰。
天地苍茫西陆去，
江湖浩荡岁云追。
心随流水寻幽境，
目逐飞花翻竹篱。
万里霜风摧绿瘦，
红枫一叶染秋池。

七律·重阳登神农架北山有感

登高欲向北山行，
枯叶纷飞风正狂。
望断云中斜雁远，
回眸峰上夕阳凉。
姚黄魏紫羡秋色，
溪水清流蕴雅章。
闲看丹枫追落日，
相逢一笑话沧桑。

渔歌子·中秋

秋水浇凉两岸春，芭蕉垂泪月中人。　舒广袖，玉轮颦，中秋时节望凡尘。

得胜乐·大寒

素月遥，梅花笑，烹茶话凝雨飘飘，大寒驾日晷，小窗外疏影把人邀。

忆王孙·夏日随想

白云无意卷西东，夏柳飘摇抚碧空。蛙
语声声入好梦，驭长风，掬把流光向彩虹。

鹊踏枝·飞雪迎春到

昨夜西风惊驿鸟，脆语穿空，只寄春来了。千里冰蟾巡树杪，任凭风物循时绕。　玉蝶翻飞何皎皎，又遇玄英，缱绻迎晨晓。才上枝头迎瑞兆，又闻一剪幽香悄。

第四篇章

人生无帖怎临之

七绝·屈子颂二首

其一

离骚千载韵流长，
汨水悠悠祭九章。
玉笛悲歌人独醒，
清风拭泪湿荷裳。

其二

离骚一曲震嵩峦，
苍宇悠悠泪雨漫。
向水更添荷芰翠，
汨罗空远德如磐。

七绝·白也思不群三首

其一

跳跃腾挪过远山，
大鹏挥翅没云关。
追风赶月逍遥客，
绣口飞花惊九寰。

其二

万里长安迹杳然，
回眸一望秀无边。
唐诗古韵今犹在，
不见当年李谪仙。

其三

绿水飞舟没逝川，
清姿隽逸入诗篇。
意随风斫月中桂，
太白金星耀九天。

七绝·致杜甫

忧世伤生沉郁笼，
文惊日月醉江中。
风狂雨骤茅斋陋，
赓续千秋家国梦。

七绝·诗画双绝——王维

风表龙姿何震凝[1]？

千秋诗画隐青灯。

红尘浊酒难倾尽，

世事明知清净僧。

---

1 震凝，指有很高的威望，边远之地亦被影响所及。凝，深远。

七绝·读王维《横吹曲辞·出塞》

边草搔眸恨路遥，
扬鞭出塞猎天骄。
角弓张罢凝神望，
片片秋云不忍飘。

七绝·戎帅诗人高适

时逢祥瑞盛唐来，
大器晚成文武才。
以笔为矛诗作刃，
观兵绝塞踏尘埃。

七绝·诗家夫子王昌龄

对酒和诗山水欢，
旗亭画壁[1]曲星[2]繁。
梦中争上凌烟阁[3]，
一览高天小若盘。

1 旗亭画壁，典出唐代文人薛用弱《集异记》。传说在开元年间，著名诗人王昌龄、高适和王之涣三人于酒楼（旗亭）小聚唱和。酒店里非常热闹，因为正赶上梨园伶官数十人举行宴会。宴会进行到高潮，有四个美丽的姑娘便开始唱歌。那时，人们喜欢为一些诗词配上乐曲来演唱，写得好的诗歌自然最受青睐。王昌龄他们三个边喝酒边在旁边观看。高适突然想到一个主意，说："我们在诗坛上都很有名，但是从来也没有分过高下。这回根据她们四个姑娘唱的歌词，看谁的诗多就算谁是成就最高的。"第一个姑娘唱道："寒雨连江夜入吴，平明送客楚山孤。洛阳亲友如相问，一片冰心在玉壶。"王昌龄忙说："是我的一首。"并在墙上划了一横记下。第二个姑娘接着唱："开箧泪沾臆，见君前日书。夜台何寂寞，犹是子云居。"高适忙引手画壁说："这是我的绝句。"第三个姑娘唱道："奉帚平明金殿开，且将团扇共徘徊。玉颜不及寒鸦色。犹带昭阳日影来。"王昌龄得意地在墙上又划一道："我两首了"。王之涣看这情况急了，说："这些唱歌的姑娘可不怎么样，唱的诗可见也没什么高明。"于是他指着姑娘们中一个最美的说："听她唱，如果不是我的诗，我就一辈子不再和你们比诗了。"过了一会儿，这个姑娘唱道："黄河远上白云间，一片孤城万仞山，羌笛何须怨杨柳，春风不度玉门关。"三人一听，抚掌大笑。原来这正是王之涣的一首七绝。伶官最初不知怎么回事，一问才知道他们就是这些诗的作者，于是纷纷向他们行礼，并且请他们参加宴会，三人尽欢而散。

2 曲星，泛指北斗第四星天权第六星开阳。其中天权为文曲星主文运，开阳为武曲星主武运。

3 凌烟阁，是唐朝为表彰功臣而建筑的绘有功臣图像的高阁。

七绝·边塞诗人岑参

奇而循理酿清思，
万象随心天地驰。
大漠风云衔纸笔，
狼烟孤驿入新诗。

七绝·大唐黄仙鹤李邕

攀山追梦继家荫，
煮字[1]鬻文[2]松液[3]渗。
贬窜济贫无限事，
黄仙鹤趣响诗林。

1 煮字，指书生玩味文字。
2 鬻文，卖文，为人撰文而接受报酬。
3 松液，古代墨的别称。

七绝·水墨兰亭二首

其一

岚烟漫卷惠风轻，
曲水流觞日月横。
信手成章书志趣，
满林修竹拨云筝。

其二

白云飘逸心自远，
一涧清流乱石穿。
方寸之隅舒意气，
兰亭觞咏驻群贤。

七绝·习书

点墨成溪暗自流，
临池不辍意悠悠。
书中五体何为上？
笔法通灵万古谋。

七绝 · 临魏碑有感

南形北体立双雄，
峻骨奇风各不同。
铁画银钩刀石趣，
游龙舞墨撼苍穹。

七绝·学书米芾

行书如走绛云中，
笔势空灵崎路通。
马阵风樯飞墨韵，
奔泉渴骥米南宫。

七绝·始平公造像记

勒马悬崖墨海边，
追波逐浪过前川。
朴醇宽博终为圣，
雄俊开张龙虎先。

七绝·草圣张旭

泼墨成衣任纵横，
颠张醉素剑中生。
今朝有酒催诗兴，
字走龙蛇风雨惊。

七绝 · 伯远帖

古色传香千百年，
一湖山影彩云偏。
幽林曲洞藏诗意，
墨韵犹存二王篇。

七绝·祝允明
《草书杜甫秋兴八首》

寒砚初融春欲还，
流泉解冻墨香传。
满眸神韵超然是，
终把书坛萎靡拴。

七绝·鲜于璜碑

烂漫纯真似稚童，
拙中藏巧韵无穷。
笔锋苍劲灵犀现，
异势天成万世功。

七绝·清泉石上流三首

其一

独坐幽篁思不群，
素心观石笑浮云。
璞金浑玉谁雕琢？
竹影清风应识君。

其二

风吹远黛送天音，
一缕清光寸石寻。
刀走龙蛇雕璞玉，
文心从此托山林。

其三

千里飞泉一叶舟，
印章方寸尽风流。
雕山刻水松涛近，
邀月招云心自悠。

七绝·嫦娥何必思凡尘二首

其一

嫦娥舞袖醉香云，
月影婆娑酒渐醺。
遥瞰人间烟火色，
繁华之地怎宜君？

其二

八荒何必自多情，
丹桂溢香满天庭。
仙子悠然尘世外，
月田无税一身轻。

七绝·观实景昆曲《牡丹亭》

烟柳晴湖石畔旁，
牡丹亭下叹流光。
霞云渐远春将逝，
苏笛幽咽泣海棠[1]。

---

1 海棠，古时暗喻相思、思念，所以海棠花又叫断肠花。

七绝·巴城昆曲寻迹

其一

画栋雕梁古韵传，
拱桥之上醉天然。
牡丹亭外笛声脆，
一巷清音似水潺。

其二

吴音婉转韵悠扬，
巴邑城中岁月藏。
水磨声声丝竹醉，
千秋绝唱绕雕梁。

七绝·坐井观天

尺天寸地井中藏，
一入方塘荷作床。
自谓逍遥云水外，
满池红鲤笑蛙狂。

七绝·陶笛绕月

袅袅仙音入月宫，
婆娑花影舞春风。
嫦娥闻笛思凡世，
欲驾轻云下紫穹。

七绝·京剧正旦

幽兰泣露立风斜，
莲步青衫影若纱。
一入梨园花似锦，
七行[1]成趣共奇葩。

1 戏剧界对演员的角色划分称为“行当”。七行，即生、旦、净、丑、杂行、流行和武行。

七绝·敲诗偶感三首

其一

一字推敲月半残，
搜肠刮肚意难安。
苍山碧水词赊尽，
欲向诗林借慧丹。

其二

夜半敲诗月已残，
沉思翰藻意阑珊。
笔端轻落灵犀现，
佳韵天成墨未干。

其三

月色临窗照案头，
逸思云汉意难收。
推敲平仄寻新境，
墨潜诗风韵自流。

七绝·观舞剧《水月洛神》有感

更漏将阑洛水东，
中山无极[1]出惊鸿。
人生若寄知何处，
一抹流云划夜空。

1　中山无极，传闻为甄宓（洛神）出生地，现河北省无极县。

七绝 · 云逍遥

月下风前自在飘，
纷尘杂沓去迢迢。
白云早悟身为客，
舒卷随心上九霄。

七绝·春风得《易》

和风拂面柳生姿，
百蛰听雷万类驰。
但使新词谈八节[1]，
天人同构悟真知。

---

1 八节，古代以立春、立夏、立秋、立冬、春分、夏至、秋分、冬至为八节。

七绝 · 桑榆非晚

闻香倚绿赋诗文，
鹤骨松心渡暮云。
柠月如风难复返，
桑榆树下赛殷勤。

七绝·梦拴流年

时光细瘦指间穿，
枕月吹云不觉年。
坐看清风摇竹影，
又闻流水泻鸣弦。

七绝 · 诗田耕种二首

其一

春风翻罢五车书，
一亩诗田任我锄。
四序寻词搜妙句，
取珠开蚌逸云舒。

其二

满树金英淡淡香，
檐梁几度覆秋霜。
诗田一亩勤耕种，
墨韵凝成稻菽黄。

七绝·云逸香飘

幽兰气韵自清妍，
云逸湖波任往还。
龙跃凤翔天际去，
桃源醉卧不思仙。

七绝 · 春在来路抛惊雷

霹雳惊天撼叶枝，
繁英满地泣残丝。
风摇岁月无常势，
静待花开自有时。

七绝·茶中春醉

才将时雨煮新茶，
三叶仙芽弄紫霞。
欲把壶中春色饮，
清香一缕醉年华。

七绝 · 敢蹉跎?

瘦柳摇蝉树欲空，
秋风拔草去匆匆。
蹉跎不惜春光好，
羞对斜阳一抹红。

七绝·临江感怀

亢笛穿波雨燕轻，
风吹树杪拨云筝。
垂绥寂廖说心事，
枉与疏桐暗费声。

七绝·七弦声声弄沧浪

粉环绿绕话桑田，
几树流莺和七弦。
沧浪歌中航一苇，
满船云影过前川。

七绝·萱椿情三首

其一

楼宇高瞻霜月白，
一排雁阵把云裁。
秋风又至乡关远，
梦里萱花寂寂开。

其二

明月高悬望故乡，
萱椿推牖问儿郎。
衣单怎敌霜风劲，
托雁穿云送暖阳。

其三

余年积庆有谁同？
桂子兰孙满苑葱。
四德躬全承月照，
琼芳送瑞借天风。

七绝·祭当代神农——袁隆平

其一

大地无言泪纵横，
风吹稻浪望星城。
粮仓廪实安天下，
皋月亲躬不了情。

其二

稻禾垂首向高秋，
满目金黄不忍收。
一代神农乘鹤去，
躬耕玉宇有田畴？

其三

田头地埂见躬耕，
几度斜阳稻谷迎。
莫道苍天无润土，
似闻禹甸[1]子规声。

1 禹甸，夏禹时期，分中国为九州，称为禹甸。

七绝·古琴雅韵

丝弦和曲共流觞，
妙律清音萦绕梁。
浅酌低吟花影动，
青山无语立斜阳。

七绝·焚香问茶三首

其一

丝烟过处紫霞香，
料峭催人接暖阳。
又是一年春景好，
龙芽凤草沐天光。

其二

一袭幽芬云牖透，
飞红满地染余香。
谁人识得其中意，
唯有诗心共岁长。

其三

一缕沉香似有魂，
升腾摇曳了无痕。
闲敲茶案说尘事，
千载为常启五蕴[1]。

1 五蕴，也称为“五阴”，佛教指人的色、受、想、行、识。

五律·笔墨生香

笔墨才铺就，
南风送锦篇。
挥毫追古帖，
一纸醉云烟。
心寄丹青里，
情驰石友[1]边。
香生诗性起，
明月入华笺。

---

1 石友，指砚台。

五律·水墨吟

笔走龙蛇舞，
云蓝唤素心。
闲墙三尺去，
清气四方临。
月砚金声脆，
秋潮片石阴。
寸毫鸣剑舞，
独向墨烟侵。

五律·夜饮

夜静鸣蝉落，
林寒宿鸟空。
杯斟邀月影，
酒满敬苍穹。
花谢秋霜里，
星沉晓箭中。
西风携万籁，
醉眼望征鸿。

五律·思逝悟生

世事如流水，
生途曲且遥。
红尘多憾事，
岁月少良宵。
悲喜皆成幻，
祸福亦自招。
何如销百虑，
笑对暮和朝。

七律·文姬归汉

胡笳十八拍[1]盘回，
风卷沙云滚滚来。
落叶挟霜旋万匝，
妤容滴泪溅苍苔。
千金散尽身犹在，
缓辙[2]临歧[3]马复哀。
向月攒眉河汉远，
流虹雁影亦徘徊。

---

1 《胡笳十八拍》，中国古琴名曲，据传为蔡琰（字文姬）所作，中国古代十大名曲之一。蔡琰是东汉末年女文学家，文学家蔡邕之女。其时中原大乱，蔡琰被匈奴左贤王掳走，在北方生活了十二年之久。此曲是蔡琰在重返中原故土的途中，百感交集，借用胡地的胡笳音调创作的琴歌作品。这首曲子由十八个段落组成，每段都以“拍”为单位，因此得名。

2 缓辙，缓行的车辆。

3 临歧，指古人送别在岔路口处分手。

七律·自古硕鼠众生相

鸳帷罗幌夜笙箫，
社鼠城狐自在骄。
贝阙珠宫驱荜户，
蹯枝屈朵问云霄。
公孙叶落谁家院？
锦绣妆成及第桥。
总是红楼尝百味，
清莲半盏酒中凋。

七律 · 咏絮才谢道韫

薰风无意柳丝裁，
满树云华咏絮才[1]。
佳句妙词惊翠鸟，
清思雅韵潜苍苔。
兰庭曲罢声声慢，
春履窗前款款来。
幽径竹篁相映处，
暗香疏影一枝开。

---

1 咏絮才，喻指对才女的赞许。典出《晋书 · 卷九十六 · 列传第六十六》。谢道韫七岁那一年，一天下大雪，谢安问子侄们："白雪纷纷何所似？"侄子谢朗说："散盐空中差可拟"。侄女谢道韫则说："未若柳絮因风起。"因为这个故事，人们赞誉谢道韫是才女，后人也因此称赞能诗善文的才女为"咏絮"之才。

七律·观落樱有感

如梦菲芳映碧穹，
飞红万点转头空。
香云缭绕绯颜侧，
景色斑斓玉鉴中。
春水频催惊蛰至，
光阴渐逝指尖融。
花开花谢皆成韵，
且把诗心寄晚风。

七律·藏头诗
——诗词格律传统瑰宝

诗海飞舟待远航，
词林漫步任徜徉。
格高意旷情思逸，
律正音和韵味长。
传载嘉辞千古盛，
统承雅调万家扬。
瑰珍国粹惊仙阙，
宝翰华章耀日光。

青玉案·二十四桥[1]

潇潇韵响和词调。访故道、飞红绕。明月云花山未老。林箫玉影，难寄相思，唯托离人草。　长桥船舫笙歌绕。听塞外，嘶声向天啸。独倚阑干追梦杳。六朝遗迹，望断天涯，雨打风吹了。

1　二十四桥，位于江苏省扬州市，为单孔拱桥，汉白玉栏杆，如玉带飘逸，似霓虹卧波。该桥长 24 米，宽 2.4 米，栏柱 24 根，台级 24 层，似乎处处都与二十四对应。杜牧《寄扬州韩绰判官》：“青山隐隐水迢迢，秋尽江南草未凋。二十四桥明月夜，玉人何处教吹箫。”诗因桥而咏出，桥因诗而闻名。

蝶恋花·冬月古琴雅集

雪柳着纱听滞雨，谁拨琴弦？又惹梅花驻，兰指轻弹声若诉，流泉东去穿山墅。　几曲游园惊岁鼓，水磨行腔，入梦千年路。欲寄彩笺汤显祖，一箫吹落公孙树[1]。

1 公孙树，银杏树的别称。因为银杏树生长缓慢，寿命却很长，“公公种树，孙子得果”，所以银杏树又叫公孙树。

满庭芳·祝安徽广播电视台《我爱诗书画》栏目开播十三周年

翰韵流香，诗花吐蕊，满屏锦绣成行。丹青敷彩，妙笔谱华章。一十三年共渡，风雨里、鸿鹄成双。才情涌，良辰共叙，同醉好时光。　　回眸千里路，龙翔大道，凤舞霓裳。意纵横，江山任我徜徉。且为今朝一醉，共祝愿、再创辉煌。瞻明日，携肩共进，再唱满庭芳。

满江红·唤归

夜半酣眠，狂风虐，拍窗梦遏。听远处，啸声叠浪，炸雷开穴。大雨倾盆天欲裂，万家灯火皆惊灭。小儿恐，哭唤速回乡，无离别。　　家乡好，山翠郁。天湛澈，萱椿悦。看房前屋后，鸟飞泉泄。浪迹天涯归路忘，毛衣可记谁人结？辗转间，岁暮定思乡，思难绝。

古风·故土行

灰墙锁乌金，
群堆变孤岑。
奉与八方客，
冬季无凉衾。
涧边草轻笑，
清波荡群鳞。
洪炉添新炭，
香飘惊四邻。
复过东篱屯，
问道未启唇。
魚米邀相似，
举头无故人。
衰草连廖廓，

流年譬烟云。
边门闻犬吠，
乡音入耳频。
声声疑相问，
迢迢子已临？
风烛悴月近，
飞霜寒不禁。
旧燕归巢木，
萱庭再奉贫。
欲养亲不在，
梢头素娥[1]颦。

1 素娥，嫦娥的别称，亦用作月亮的代称。

古风·返乡

宝马何事奔秋风？
一骑绝尘似箭弓。
满目青黄不及看，
只记房前七尺桐。
儿时常戏东南浦，
十丈浓荫庇风雨。
声声胡琴唤子归，
茅屋难留冲天羽。
风离浅枝树亦空，
归兮去兮又匆匆。
黄犬黄叶黄昏里，
家翁拄杖目欲穷。

后记

小时候总喜欢一个人静静地待着，以至于成年后妈妈还经常念叨说，这孩子从小就喜欢一个人傻傻地坐在大树底下，一坐就是大半天，不知在想什么！

从记事开始，我一直对周围的一切充满了好奇和探索的渴望。那些来自老人的气象谚语，成为我认识世界的一种方式，也带给我无尽的乐趣。

“云往东，刮阵风；云往西，披蓑衣。”这句话至今还清晰地印在我的脑海里。每当我看到云向东方飘动，就会期待着一阵凉爽的风；而当云朝西时，我会想象自己披着蓑衣，在雨中嬉戏。还有“山戴帽大雨到；西北天开锁，明朝大太阳”“蚂蚁搬家猪叼柴，燕子扑地大雨来”，如此等等。这些谚语仿佛是大自然与我之间的秘密约定。

那时的我，常常为自己能够准确判断天气的变化而兴奋不已。我会欢呼雀跃地庆祝自己的成功，仿佛成了一个小小的气象专家。儿时的记忆总是如此深刻，以至于现在回想起来，那些看似简单的观察和判断，却充满了天真和乐趣。

儿时的记忆就这样永远留在了心中，成为珍贵的财富，这可能也是我从小看到蚂蚁搬家好奇，仰望天空发呆的原因吧！

终于到了上学的年龄，开学的第一天，妈妈给我梳起了两条大辫子，还扎了两条红丝带，肩上背着妈妈亲手缝的水蓝与白色相间的方格小书包，紧紧跟随着妈妈一蹦一跳地去了学校……

渐渐地，我认识了很多字，不知从什么

时候开始关注起爸爸的书橱。那时候有一件事不能理解，就是爸爸不允许孩子们碰他认为不能看的书。他总把《水浒传》《三国演义》《西游记》《红楼梦》《金瓶梅》放在最隐秘的角落，而且是将书名朝内反着放。愈是神秘愈想偷看，我们五兄妹就这样偷偷摸摸、一知半解地把这些“禁书”翻了个遍。记得有一次我拿了一本《金瓶梅》，被父亲狠狠瞪了一眼并“嗖”地从我手中夺走，我倔犟地起身顺手抽出一本《李白与杜甫》，父亲佯装没看见。

第一次接触到李白和杜甫的诗，虽然有许多字词不认识也不理解，却总觉得绝大部分诗只有二十八个字或者五十六个字，但文辞和意境怎么可以这样美！可是，读来读去始终不明白一代大文豪郭沫若先生为何毫不避讳地“扬李抑杜”。带着这个心结，读了不少李白与杜甫的作品。可以说是歪打正着，《李白与杜甫》这本书如同一扇门，引领我进入了中国传统诗词的绚丽世界。它不仅让我对两位文学巨匠有了深入了解，更勾起我对中国传统诗词的浓厚兴趣，让我仿佛穿越时空，跟随他们的诗歌与他们一同经历唐朝的盛衰荣辱。

也是从那时起才明白，自我记事起父亲唱得最好听的歌，就是用地方方言吟唱的古诗词,直到他95岁高龄在去新疆旅行的途中，还能带着浓重的乡音与重孙们一起充满激情地唱着：天苍苍，野茫茫，风吹草低见牛羊。远远望去，车子在茫茫戈壁滩前行着，发电厂的烟囱冒着孤烟，仿佛铁骑和着嘶声在耳畔回荡。那一路上，老父亲倒背如流把《长恨歌》《琵琶行》《蜀道难》等名篇反复吟唱。唐诗的魅力真的深入到了骨子里，融入到了血液中，这真的是纯属于咱们中国人的精神礼赞！

儿时常常听爷爷和父亲感叹，抗战胜利后将埋在土窖子里的藏书扒出时，那些藏书变成了一堆土，这成了家族无法抹去的痛楚。书虽被毁，但文化远比想象的坚韧。“诗书传家远，耕读继世长”，不仅是贴在门上更是刻在了心底。自从看到父亲与爷爷、大伯父子三人的诗词合集，我便萌生了传承和弘扬传统诗词的意识。

近二十年来，我潜心研习语言学家、教育家、诗人王力先生有关诗词格律方面的著作；细读骆玉明教授与章培恒先生合著的《中国古代文学史》；从诗词的源头《诗经》《楚辞》《古诗十五首》到唐诗宋词，做了大量阅读赏析，最终从蹒跚学步到一个人在文字里翩翩起舞。当我真正领悟到诗词的魅力时，那些曾经的迷茫、枯燥与乏味都变得微不足道。

当然，这期间我也曾为创作上遇到瓶颈期苦恼过、沮丧过，值得庆幸的是我遇到了中国语言文学教授、诗词学人王铁麟导师。他在上海关于诗词鉴赏与创作的讲座我每场必到，并悉心求教。在他的指导下系统地学习并理顺了诗词文学的主要特征与案例分析、意象与物象、章法与结构、句式、用典等知识点。他的《诗词读写笔记》《中国诗词》《落日孤城》等著作，我翻了一遍又一遍，为自己诗词创作水平的提高打下了坚实基础。与此同时，我又结合中国近代著名学者王国维先生《人间词话》作进一步探究，明晰意境是诗词中最为重要的元素之一。

诗词之美，不仅在于其语言的精妙，更在于其意境的深远。意境能使读者感受到作者的情感和思想，与之产生共鸣。无我之境，如陶渊明的“采菊东篱下，悠然见南山”，诗人以物观物，自然平淡，物我两忘；有我之境，如辛弃疾的“把吴钩看了，栏杆拍遍，无人会，登临意”，强烈地表达了诗人的悲愤和无奈。

通过对《人间词话》的深入学习，我了解到文学作品“境界”的“隔”与“不隔”之别决定于语言。

“语语都在目前”，便是不隔；否则，就是隔。“隔”如“雾里看花”，形象不清晰不鲜明；“不隔”如“豁人耳目”，“语语都在眼前”，形象既鲜明又生动。可见，语言是诗词的外衣。它是诗人表达意境和立意的工具，要求精炼、准确、生动。优美的语言能够给读者带来愉悦的阅读体验，同时也能够更好地传达诗人的情感和思想。杜甫的“为人性僻耽佳句，语不惊人死不休”，就体现了他对语言的追求和执着。

通过努力学习，不停探索，深知有了意境、语言还要讲立意。清代刘熙载在《艺概·诗概》中说：“诗要避俗，更要避熟。”想要创作出一首好诗，首先就要避开陈词滥调，要推陈出新，也就是立意一定要新。

立意新颖的诗词，如苏轼的“横看成岭侧成峰，远近高低各不同”，以独特的视角观察事物，给人以新的启迪；而俗套陈旧的诗词，则难以引起读者的兴趣。

传统古诗词宛如一座宝藏，蕴含着无尽的智慧与情感。诗歌的核心功能在于抒怀咏志。范围上，大则家国，小则个人。在这些精妙绝伦的词句中，我们不仅能领略到大自然的恢弘壮阔，也能感受到人与天地万物之间平等和谐的生命状态，进而让我们更加自然地借物抒情，以物言志。

古诗词仿佛拥有一种神奇的魔力，将天、地、人和谐地统一起来，让我们在品味之间领悟到世间一切喜怒哀乐的共通之处。即使是一株小草、一粒尘埃、一抹飞红，在古诗词中也有着独特的意义和价值。它们不再是卑微的存在，而是诗人借以抒发情感、寄托思绪的载体。“离离原上草，一岁一枯荣”，小草的盛衰轮回，寓意着生命的坚韧与不息；“尘埃落定”，尘埃虽小，却也有着自己的归宿。这些微小的事物，在诗人笔下焕发出别样的光彩，从而让我学会了从平凡中发现美好，感悟生命的真谛。

唐朝诗人卢延让《苦吟》诗云：“吟安一个字，拈断数茎须。”苦吟诗人贾岛的“两句三年得，一吟双泪流”，写诗炼句之苦由此可见一斑。所以，这本诗集的创作、整理过程并非一帆风顺，从积累的上千首作品精选三百首，其间经历了几经易稿和反复推敲。每一个词句，每一个韵律，都经过精心雕琢。我深知古诗词的海洋浩瀚无垠，自己的水平有限，但我仍然竭尽全力去追求完美。

非常感恩先贤们在五千年的历史长河中奋楫扬帆，将中国的古典诗词推向一个又一个浪峰，形成中华民族独特的精神力量，这种力量如灯塔、如甘泉不断地照亮着我们前行的道路、不断地滋润着我们干涸的心田！我在格律诗创作的过程中，闻一多先生著名的“三美”主张同样给了我很大的启发。“三美”，即“音乐美、绘画美、建筑美”。音乐美指的是诗歌的音节和韵律，绘画美指的是诗歌的词藻和形象，建筑美指的是诗歌的结构和形式。我想，这“三美”不仅是闻一多先生本人也是我们所有古典诗词爱好者新格律诗创作的灵魂与指导原则。

这本诗集里的每一首诗，都承载着我不同阶段的心情和思考。有些是对逝去岁月的追忆，有些是对人生百态的感悟，有些是对自然美景的赞美。它们如同我心灵的镜子，反映出我内心深处的情感波动。

虽然知道自己的作品还有许多不足之处，但我仍然对这本诗集充满了珍视和自豪。它是我努力和坚持的见证，是我心路历程的记录。这本诗集不仅仅是我个人的创作，也是我与古诗词的对话。它让我明白，在古诗词的天地间，我们可以找到慰藉和启示，可以与古人的心灵相通。尽管水平有限，但我会继续努力，不断学习和探索，用更多的作品诠释我对古诗词的理解和热爱。

我希望这本诗集能够成为读者们的一扇窗口，让他们透过我的文字，感受到古诗词的魅力和力量。也许在某一首诗中，他们能够找到自己的影子，引发共鸣；也许在某一个词句中，他们能够获得一丝宁静和感悟。

最后，我还要感谢好友孙晶教授、杨敏教授，她们是我这本书稿最早的阅读者和出版助推人；我也感谢老师和身边每一个支持和帮助过我的人，是你们让我的梦想成为现实。我将怀着感恩的心，继续在诗词创作的道路上努力前行，让我们一起怀揣着对诗词的热爱，共同追寻那片属于我们的诗意天空。

张静 2024 年 6 月于上海